纯美儿童文学读本
给孩子的阅读计划

蜗牛的森林

曹文轩 主编

北京理工大学出版社
BEIJING INSTITUTE OF TECHNOLOGY PRESS

版权专有　侵权必究

图书在版编目（CIP）数据

蜗牛的森林 / 曹文轩主编 . — 北京：北京理工大学出版社，2018.7
ISBN 978—7—5682—5577—6

Ⅰ.①蜗… Ⅱ.①曹… Ⅲ.①儿童文学—作品综合集—世界 Ⅳ.① I18

中国版本图书馆 CIP 数据核字（2018）第 076846 号

出版发行 / 北京理工大学出版社有限责任公司
社　　址 / 北京市海淀区中关村南大街 5 号
邮　　编 /100081
电　　话 /（010）68914775（总编室）
　　　　　（010）82562903（教材售后服务热线）
　　　　　（010）68948351（其他图书服务热线）
网　　址 /http：//www.bitpress.com.cn
经　　销 / 全国各地新华书店
印　　刷 / 北京顶佳世纪印刷有限公司
开　　本 /880 毫米 ×1230 毫米　1/32
印　　张 /5.5　　　　　　　　　　　　　　　　责任编辑 / 刘永兵
字　　数 /50 千字　　　　　　　　　　　　　　策划编辑 / 张艳茹
版　　次 /2018 年 7 月第 1 版　2018 年 7 月第 1 次印刷　责任校对 / 周瑞红
定　　价 /32.80 元　　　　　　　　　　　　　　责任印刷 / 边心超

图书出现印装质量问题，请拨打售后服务热线，本社负责调换

在国际安徒生奖颁奖典礼上

他们就这样,在这些书籍的照拂下一天天地健康地成长了起来。

——曹文轩

序

——曹文轩

这是一套品质上乘的读本。选者是在反复斟酌、比较之后，才从大量的作品中挑选出这些作品的。无论长短，无论体裁，一篇是一篇，篇篇都是经典或具有经典性的作品。这些作品有正当的道义观，有很高的审美价值，字里行间充满悲悯情怀。在写作上也很有说道之处。当下用于学生阅读的选本很多，但讲究的、能看出选者独特眼光的并不多。这套读本的问世，将给成千上万的读者提供值得他们花费宝贵时间的美妙文字。

我一直在问：语文的课堂到底有多大？

我也一直在回答：语文课堂要多大有多大。

一个学生如果以为一本语文课本就是语文学习的全部，那么他要学好语文基本是不可能的，语文课本只是他语文学习的一部分，甚至可以说是很有限的一部分。他必须将大量时间用在课外阅读上。语文学科就是这样一门学科：对它的学习，语文课堂并非是唯一空间。而其他的学科——比如数学，也许只在课堂上就可以完成学习任务了。语文的功夫主要是在堂外做的。同样，对于一个语文老师而言，他要教好语文，如果只是将精力全部投放在一本语文教材上，以为这就是语文教学的全部，他也是很难教好语文的。语文是一座山头，要攻克这座山头的力量来自其他周围的山头——那些山头屯兵百万，一旦被调动，必将攻无不克、战无不胜。我去各地的学校给老师和孩子们做讲座时，多次发现，那些语文学得好的孩子，往往都有一个很好的语文老师，而这些语文老师的教学方法有一共同之处，这就是让学生广泛阅读优质的课外读物。我甚至发现一些很有想法的老师采取了一个不免有点极端的做法：将语文课本一口气讲完，将后面本属于语文课的时间全部交给学生，让他们进行课外阅读。在他们看来，对语文知识和神髓的领会，是在有了较为丰富的课外阅读之后，才能发生；一册或几册语文课本，是无法帮助学生形成语感的，也是无法进入语文文本的深处，然后窥其无限风景的；解读语文文本的力量，语文文本本身也许并不能提供。

序

因此，无论是对学生而言，还是对老师而言，都需要拿出足够的时间用于阅读《纯美儿童文学读本》这样的书。这种阅读很值得。

这套读本将文本的审美价值看得十分重要，冠之"纯美"二字，自有它的道理。审美教育始终是中国中小学教育的短板。而学校是培养人——完人的地方。完人，即完善的人，完美的人，完整的人。而完人的塑造，一定是多维度的。其中，审美教育当是重要的维度之一。当下中国出现的种种令人不满意的景观，可能都与审美教育的短板有关。在我们还没有找到一个恰当的、行之有效的方法之前，让学生阅读那些具有审美价值的作品，也许是一个不错的选择。

美的力量绝不亚于知识的力量、思想的力量，这是我几十年坚持的观念。我经常拿《战争与和平》中的一个场面说事：安德烈公爵受伤躺在了战场上，当时的心情四个字可以概括——万念俱灰，因为他的国家被拿破仑的法国占领了，他的理想、爱情，一切都破灭了，现在又受伤躺在了战场上，现在就只剩下了一个念头：死！那么是什么力量拯救了他，让他又有了活下去的欲望和勇气？不是国家的概念、民族的概念，更不是政治制度的概念（沙皇俄国政治制度极其腐朽），而是俄

序

罗斯的天空、森林、草原和河流，即庄子所说的天地之大美，是美的力量让他挺立了起来。

因此，美文是我们这套选本最为青睐的。

为了让这套书能有助于培养学生的人格品质和提升语文学习能力，特地邀请了一些特级语文老师和一些著名阅读推广人参加了这项工作。他们不仅不辞辛劳地从浩如烟海的作品中"打捞"优秀文本，还对作品进行了赏析和导读。因为他们从事的职业是语文教育，他们对文本的解读，与一般评论家的评论相比，有着很大的区别。他们的关注点往往都与语文有关，在分析和评论这些文本时，"语文"二字是一刻也不会忘记的。他们有他们的解读方式，他们有他们进入文本的途径，而这一切，也许更适合指导学生阅读，更有利于学生的语文学习。

这套书的生命力，是由这套书所选的文本的生命力决定了的。这些文本无疑都是常青文本。

曹文轩

2018 年 1 月 17 日于北京大学

目 录

一、帽子的故事
会打喷嚏的帽子　蔺力 / 著　　　　　　　　　　｜ 002

帽子里的麻雀　（英）凯瑟琳 / 著　　　　　　　｜ 006

活的帽子　（苏联）尼古拉·诺索夫 / 著　　　　｜ 009

河里钓起来的帽子　（德）霍兰德 / 著　　　　　｜ 014

二、童年的歌谣
开城门　民间童谣　　　　　　　　　　　　　　｜ 018

什么出来　民间童谣　　　　　　　　　　　　　｜ 021

十二月歌　民间童谣　　　　　　　　　　　　　｜ 024

蝈蝈吹牛皮　民间童谣　　　　　　　　　　　　｜ 026

腿儿　民间童谣　　　　　　　　　　　　　　　｜ 029

三、会心的笑
谁大　邱惠瑛 / 著　　　　　　　　　　　　　　｜ 032

刮脸　朱家栋 / 著　　　　　　　　　　　　　　｜ 036

一块儿水果糖　（苏联）尼古拉·诺索夫 / 著　　｜ 039

做大狗好还是小狗好　（俄）乌沙齐夫 / 著　　　｜ 043

小一、小二和小三　葛竞 / 著　　　　　　　　　　　　| 046

四、我爱你，月亮
捞月网　（美）谢尔·希尔弗斯坦 / 著　　　　　　　　| 050

磨刀石　圣野 / 著　　　　　　　　　　　　　　　　　| 053

祝你生日快乐　（美）法兰克·艾许 / 著　　　　　　　| 055

月亮为什么没有衣裳穿　外国民间故事　　　　　　　　| 059

五、大自然的气息
树叶的香味　（韩）金匡 / 著　　　　　　　　　　　　| 062

树干像支长笛　（美）苏珊·麦金太尔 / 著　　　　　　| 064

蜗牛的森林　王一梅 / 著　　　　　　　　　　　　　　| 066

住在大胡子里的鸟窝　（爱沙尼亚）拉乌德 / 著　　　　| 069

小狐狸买手套　（日）新美南吉 / 著　　　　　　　　　| 073

六、春天的诗
花和蝴蝶　林焕彰 / 著　　　　　　　　　　　　　　　| 082

春天　谢武彰 / 著　　　　　　　　　　　　　　　　　| 084

小　树　（苏联）拉·法尔哈季 / 著　　| 086
春天被卖光了　杜荣琛 / 著　　| 089

七、奇妙的世界
我们奇妙的世界　（英）彼得·西摩 / 著　　| 092
能发光的花　佚名　　| 096
小浣熊洗糖记　段名贵 / 著　　| 099
爱跳舞的草　佚名　　| 102

八、我的一家
标点符号　丁云 / 著　　| 106
鞋　林武宪 / 著　　| 108
缝姓名牌　王淑芬 / 著　　| 111
我的傻瓜妈妈　朱建勋 / 著　　| 114
爷爷一定有办法　（加拿大）菲尔·吉尔曼 / 著　　| 118

九、我爱你，太阳
夏天的太阳　（英）罗伯特·斯蒂文森 / 著　　| 124

摘苹果　傅天琳 / 著	127
尖尖的草帽　金波 / 著	129
夏天来了　张洁 / 著	132
林中的太阳　（苏联）普里什文 / 著	136

十、我要和你在一起

去年的树　（日）新美南吉 / 著	140
会走路的树　（法）德拉贝斯 / 著	143
老鼠和大象　（德）詹姆斯·克鲁斯 / 著	148
变成小虫子，也要在一起　张秋生 / 著	153

帽子的故事

　　帽子，原来不仅仅是用来戴的，帽子里可藏着许多故事呢！帽子会打喷嚏，帽子会变魔术，帽子里能飞出麻雀，帽子还能给我们带来许多温暖和感动……让我们一起来读一读帽子的故事吧！

会打喷嚏的帽子

蔺 力/著

导读：
帽子会打喷嚏，是感冒了，还是……快来读一读吧！

魔术团里，有一位老爷爷，老爷爷有一顶奇怪的帽子。他朝帽子里吹一口气，里面就会变出许多好吃的东西来，有糖果、蛋糕，还有苹果……

"嗨！把这顶奇怪的帽子偷来，该有多好！"这话谁说的？嗯，是几只耗子说的。晚上，它们就溜到老爷爷家里去了。

老爷爷正睡觉呢，那顶奇怪的帽子，没放在柜子里，也没放在箱子里。在哪儿呢？就盖在老爷爷的脸上。

"好哇，我看还是叫小耗子去偷最合适，它个子小，脚步又轻。"大耗子挤挤眼睛说。

"吱……"小耗子害怕地尖叫起来，"我不去！我怕呼噜，你们有没有听见，奇怪的帽子里藏着一个呼噜？它叫起来，地板、窗户都会动的,吓人!"

可不是,老爷爷在打呼噜,呼噜呼噜,像打雷似的。大耗子叫黑耗子去偷,黑耗子不敢;叫灰耗子去,灰耗子也不敢;反正叫谁去,谁都说"不敢"。

大耗子生气了,摸摸长胡子说:

"好啦!好啦!都是胆小鬼,你们不去,我去。等会儿,我偷了帽子,变出许多好吃的东西来,你们可别流口水。"

话是这么说,其实呀,大耗子心里也挺害怕,它一步一抬头,防着帽子里那个呼噜突然钻出来咬它。也真巧,它刚走到老爷爷床前的时候,呼噜不响了。这下大耗子可得意了,原来呼噜怕我呀!它轻轻一跳,跳上了床,爬到老爷爷的枕头边,用尖鼻子闻了闻那顶帽子,啧啧,好香哟,有糖果的味儿,蛋糕的味儿……快!它把尾巴伸到帽子底下去,想用尾巴把帽子顶起来……咦,这是怎么啦?尾巴伸到一个小窟窿里去了……哎呀,什么小窟窿,是老爷爷的鼻孔哪!

"阿嚏——"老爷爷觉得鼻孔痒痒的,打了个大大的喷嚏,吓得大耗子连滚带爬,一口气跑到门口,对它的伙伴说:"快跑,快跑!"

耗子们闹不清是怎么回事,跟着它跑哇,跑出好远,才停下来。它们问大耗子:"这是怎么回事呀?你偷来的帽子呢?"

大耗子说:"帽子里藏着一个阿嚏,这个阿嚏可比呼噜厉害多了。你一碰它,它就轰你一炮,要不是我跑得快,差点儿给炸死了。"

阅读感悟:
　　老爷爷的帽子很奇怪,会变出许多好吃的东西,小耗子们真想把帽子偷过来。后来呢?呀!帽子会打喷嚏,帽子会轰大炮,把小耗子都吓跑了,多好玩的故事呀!

帽子里的麻雀

（英）凯瑟琳 / 著
韦 苇 / 译

导读：
帽子里怎么会飞出麻雀呢？

　　这是很久以前的事了。有个农民，他有一个儿子叫麦克。麦克这个男孩喜欢各种小动物，尤其喜欢鸟。他也就逮着玩玩，从不伤害它们。他用逮鸟的办法来训练他的头脑和手，因为只有机敏的头脑和手才逮得住它们。但是逮住后，抚摸一阵，就放掉了。

　　那是下雨天，他逮住了三只麻雀。三只麻雀的毛都湿了。麦克想，怎样才能把麻雀的毛烘干呢？他把他的帽子摘下来，往帽子里一摸，暖和，就把麻雀装进帽子，扣在自己头上。麻雀在他的头上很安静，人家也看不出他的帽子里竟住着三只麻雀！

麦克走在回家的路上，心里觉得特别好玩，他这不成魔术师了吗？只有魔术师的帽子里，才会忽然飞出一群鸽子，哗啦啦！顿时全场欢腾，孩子高兴得跳起来，直叫好玩。他正这么想着呢，不想迎面走来了市长。市长是麦克的好朋友，所以一下就把麦克给认出来了。

"哦，麦克，你好啊！你怎么，今儿个不理人哪？虽然咱们是好朋友，但是你见到市长，总还得打个招呼吧！"

"哦，市长先生！我想事儿呢。"说着，脱下帽子来，向市长鞠躬。

呼啦啦！麻雀从麦克的帽子里飞了出来，一只，二只，三只。

市长吃了一惊。有一只麻雀还撞在了市长脸上。

"原来，你还会魔术，过去我咋就没听说呢，哈哈！"

阅读感悟：
麦克会变魔术吗？当然不会。那为什么从他的帽子里能够飞出来三只麻雀呢？读了故事，我们才知道，原来麦克为了把麻雀的毛烘干，把自己的帽子给麻雀住了。有爱心的人就有魔法，你说对不对？

活的帽子

（苏联）尼古拉·诺索夫 / 著
屠　明 / 译

导读：
　　帽子怎么会活起来呢？快来看看，这到底是谁搞的鬼！

　　小花猫华西加蹲在五斗橱旁捉苍蝇，在五斗橱的边上放着一顶帽子。华西加看见苍蝇往上飞，停在帽子上，它就蹿上去用脚爪朝帽子抓去。这一抓，帽子从橱上落下来，华西加抓个空也跌下来。当华西加跌到地上，那顶帽子"扑嗒"刚好罩住它。

　　伏罗嘉和华其克坐在房内正在画画，没有看见华西加跌到帽子底下，他们只听见背后有样东西掉下来。伏罗嘉回转身子，看见一顶帽子掉在橱旁，他走过去，弯下身子想去拾起来。但是，他忽然"哎呀——哎呀——哎呀"叫起来，就跑到边上去了。

"你怎么啦？"华其克问他。

"它是活——活——活的！"

"谁是活的？"

"帽——帽——帽——帽子！"

"你怎么啦？听谁说有活的帽子？"

"你自己去看！"

华其克走过去看那顶帽子。

忽然，帽子朝他这边爬过来，他大叫了一声"哎呀"，就跳上了沙发。

伏罗嘉跟在他后面。

帽子爬到房间当中就停住了。孩子们吓得浑身发抖。帽子又回过来朝沙发方向爬。

"哎呀！啊呀！"孩子们喊起来。

他们跳下沙发跑出房去，跑到厨房里，把背后的门关上。

"我要走——走——走了……"伏罗嘉说。

"哪里去？"

"回家去！"

"为什么？"

"我——怕帽子！我第一次看见帽子会在房里走来走去……"

"也许有人用绳子拉它？"

"去看看。"

"一道去,我去拿一根拨火棍,如果它爬过来,我就用棍子打它。"

"等一等,我也去拿一根。"

"可是我家里只有一根。"

"那我用滑雪棒好了。"

他们拿着拨火棍和滑雪棒,把门稍微打开些,望望里面的动静。

"它到哪里去了?"华其克问道。

"那边,桌子旁边。"

"看我现在用棒头打死它!"华其克说,"等它爬过来些。"

帽子停在桌旁一动不动。

"哈哈,它怕了!"孩子们高兴道,"它不敢爬过来!"

"我马上吓走它!"华其克说。他用拨火棍敲击地板并且叫喊道:"喂,帽子你过来!"

但是帽子动也不动。

"我们去拿几颗马铃薯来扔它。"伏罗嘉道。

他们从篮子里拿了些马铃薯,就去打帽子。忽然被华其克打中一下,帽子跳了起来!

"喵呜!"一样东西叫起来。

看呀,帽子旁边拖出一条灰色的尾巴。

"华西加!"孩子们高兴地叫道。

华其克捉住了华西加,把它抱在怀里。

"华西加,你这小东西,怎么掉进去的?"

但是华西加一句不回答,只用鼻子哼哼,对着阳光眨眨眼睛。

阅读感悟:

淘气小猫华西加被扣在了帽子下面,于是帽子就活起来了。好玩的是华其克和伏罗嘉一系列的表现。还好,马铃薯没有把华西加给砸坏。诺索夫是杰出的儿童文学作家,写小猫和两个男孩,语言简洁,却非常传神。这样的好作品值得一读再读。

河里钓起来的帽子

(德)霍兰德 / 著

韦 苇 / 译

导读：
　　一顶从河里钓起来的帽子，有着怎样有趣的经历呢？

　　有个人坐在河边钓鱼。他的钓钩钩住了一个很沉的东西，就兴奋地大叫起来："嗨，我钓到了一条大鱼！"

　　可是，当他把钓钩拽出水面时，他看到上面挂着的不是一条大鱼，而是一顶礼帽。钓鱼人太失望了，他从钓钩上摘下帽子，顺手甩到了一棵苹果树上。

　　"多么漂亮的鸟窝啊！"两只鸽子咕咕地说。它们叼来许多干草，将帽子填满，然后在帽子里生了六个蛋，孵出了六只小鸽子。小鸽子们一天到晚不停地吵着，苹果树上一下变得热闹起来。直到六只小鸽子长大了，飞到别的地方去了，苹果树才重新安静下来。

一天夜里,刮起了大风。风把礼帽从树杈间吹落下来,恰好吹到了不远处一个稻草人的头上。稻草人有了一顶帽子,真神气。

第二天晚上,来了一只狐狸。它看到了帽子,认为这顶帽子很有用处,于是就用手杖把帽子从稻草人头上挑了下来。它知道狗熊正准备结婚,需要一顶像样的帽子,于是带着帽子去找狗熊。果然,狗熊一看见狐狸手中的大礼帽,就叫起来:"狐狸,你的帽子我要了!"

狐狸用这顶帽子,换得了一顿美味可口的午餐。

狗熊戴上这顶帽子,很体面地举行了婚礼。

到了冬天,当狗熊的孩子们在花园里堆雪人玩的时候,它们想要拿爸爸的帽子给雪人戴。孩子们向爸爸说了许多恳求的话,爸爸才答应了。小狗熊们刚把帽子给雪人戴上,不料,一阵北风吹来,把帽子吹上了天空。

"哎,风,你要把帽子吹到哪儿去啊?"小狗熊们叫起来。

"别担心,"风呼呼地说,"我要带它去历险,去创造新的故事呢!"

阅读感悟：

这顶帽子，被钓鱼人甩到苹果树上，成了鸽子窝；被大风吹到稻草人头上，成了稻草人的骄傲；狐狸把它送给狗熊，换来一顿午餐；最好玩的是，狗熊的孩子又把它戴在了雪人的头顶上。风再次把它吹走后，又会创造怎样的新故事呢？你愿意为这顶帽子创造新的故事吗？

童年的歌谣

　　生活是五彩的、跳跃的,充满了智慧和欢笑。童谣有着跳动的节奏、独特的韵味,读了一遍又一遍,唱了一次又一次,永远都喜欢。

开城门

民间童谣

导读：

你玩过"城门开"的游戏吗？我们一起来手搭手，让小朋友们一个接一个穿过去，那一定很好玩吧？别急，先让我们来诵读《开城门》吧！

城门城门几丈高？
三十六丈高。
上的什么锁？
金刚大铁锁。

城门城门开不开？
不开，不开！
大刀砍！
也不开！

大斧砍!
也不开!

好,
看我一手打得城门开!
哗!
开了锁,
开了门,
大摇大摆进了城。

阅读感悟：
　　这是一首游戏童谣,小朋友们一边玩游戏,一边唱童谣,在吟唱中,在游戏中,诵读的快乐会随着孩子们的脚步,一步一步地踩出来。

什么出来

民间童谣

导读：
　　这世界有很多很多的秘密，很多很多的故事。快！睁大好奇的眼睛去观察，用心去思考。亲爱的小朋友，你发现了什么？

高先生，
矮先生，
唱个歌，
给你听。

什么出来高又高？
什么出来半中腰？
什么出来连盖打？
什么出来棒棒敲？
高粱出来高又高，

玉米出来半中腰,
黄豆出来连盖打,
芝麻出来棒棒敲。
……

阅读感悟:
　　这是一首问答歌,用整齐的句式告诉我们一些庄稼常识,充满了浓郁的生活气息。这首童谣韵律和谐,读来琅琅上口。

十二月歌

民间童谣

导读：
　　一年四季，周而复始。春花秋月、冬雪夏日，每一个日子都值得记取，每一个月都有自己的歌谣。

正月里把龙灯耍，
二月就把风筝扎，
三月清明插杨柳，
四月牡丹正开花，
五月下河赛龙舟，
六月要把扇子拿，
七月双星鹊桥会，
八月中秋看桂花，
九月重阳去登高，
十月初十打糍粑，

十一月天寒要烤火,
十二月过年放烟花。

阅读感悟：
　　这是一首数字童谣，形象地展示了每一个月的特点，向我们介绍了气候特征、民俗风情，非常有趣。

蝈蝈吹牛皮

民间童谣

导读：
　　吹牛皮就是说大话，在生活中，你听过别人吹牛皮吗？让我们来听听两个蝈蝈吹牛皮吧！

闲着没事上村西，
碰见两个蝈蝈吹牛皮。
大蝈蝈说：
"我在南山吃了只鸟。"
二蝈蝈说：
"我在北山吃了只鸡。"
大蝈蝈说：
"我在东山吃了条狗。"
二蝈蝈说：
"我在西山吃了头驴。"

大蝈蝈说：
"我要上山吃老虎。"
二蝈蝈说：
"我要下海吃鲸鱼。"
它俩吹得正起劲，
来了一只大公鸡。
两个蝈蝈干着急，
想蹦蹦不动，
想飞飞不起
"得儿喽"，喂了鸡。

阅读感悟：
　　这是一首情趣童诗，生动地描绘了两只吹牛皮的蝈蝈，牛皮越吹越大，结果呢？一起喂了鸡。这首童谣生动有趣，读来饶有情趣。

腿儿

民间童谣

导读：
　　我们会奔跑、会追逐，那是因为我们都有两条腿。花儿草儿站在那儿一动也不动，那是因为它们没有腿。那动物们呢？我们一起来数一数它们有几条腿吧！

小黑鸡儿，

两条腿儿；

小黄牛儿，

四条腿儿；

小蜻蜓儿，

六条腿儿；

小螃蟹儿，

八条腿儿；

蚯蚓、鳝鱼没有腿儿。

阅读感悟：

每个动物都有腿吗？它们分别有几条腿，让我们在这首童谣中数一数，你会有启发的。不过，可别忘了，不是所有的动物都有腿的哦！

会心的笑

　　这是一组可乐又好玩的故事。瞧，弟兄俩为谁大谁小争论不休，还有淘气的小贝当、贪吃的米沙、举棋不定的索尼娅、与三头狮子遭遇的哥儿仨，让我们读完这些故事，发出会心的笑吧。

谁大

邱惠瑛 / 著

导读：
哥哥和弟弟，到底谁大，你知道吗？

阿潘和阿比，坐在院子的大树下，吃饼干。

"阿潘，我们两个谁大？"

"当然我大。"

"嗯……为什么？"

"我七岁，你五岁，当然我大。"

"我知道七岁比五岁大，可是……你真的比我大吗？"

"你在说什么？"

"我是说，你真的是七岁吗？"

"我当然真的是七岁，别忘了我已经上小学一年级了。"

"不是啦！我是说你全部都七岁了吗？"

"什么全部都七岁？七岁就七岁，还有什么全部都七岁的？"

"哎呀！我的意思是说，你全身都七岁吗？"

"我当然全身都七岁了。"

"可是，你昨天才剪的指甲呀！"

"那又怎么样？"

"我敢打赌，你新长出来的指甲，一定还没七岁，嗯，恐怕比阿得还小呢！"

阿潘偏着头，想了一会儿。

"可是，我七岁了呀！"

"你不是全身都七岁。"

"你是说，我有些是七岁，有些不是七岁？"

"嗯！"

"那……我就不一定比你大喽？"

"是啊！像……牙齿，你的牙齿，有些是掉了还没长的，有些是掉了新长出来的，而我的牙齿都是已经长出来好久的。"

"你的意思是说，有的牙齿我的大，有的牙齿你的大？"

"嗯！"

"还有头发，是不是有时候我比较大，有时候你比较大？"

"是啊，阿潘你真聪明！"

"嗯……可是你、我，还有阿得，到底谁是真正的哥哥？"

"不一定啦！有时是你，有时是我，有时是阿得。"

"啊！阿得？"

"是啊！阿得的头发从出生到现在都还没剪过哩！"

"噢！算了，你还是叫我阿潘，我叫你阿比好了。"

"好吧！反正七岁不一定全部都比五岁大。"

妈妈抱着一篮洗过的衣服，走过来说：

"阿潘、阿比，去把弟弟抱出来晒太阳。"

"哪个弟弟？"阿比问。

"你们只有一个弟弟。"

阿潘看了阿比一眼。

"妈，你常常说：'说话要说清楚。'到底是哪个弟弟？"

"你们是怎么搞的？我说你们的弟弟，当然是阿潘的弟弟，也是你——阿比的弟弟，听清楚，他叫阿得！"妈妈有些大声地说。

"噢！你早说是阿得不就好了！"

阅读感悟：

　　听了阿潘和阿比的对话，你是不是觉得有点道理了，是不是也在暗暗思考，他俩到底谁大呢？也许你有自己的答案了。

刮脸

朱家栋 / 著

导读：
刮脸，应该是大人的事情吧！可是这一天，小贝当大模大样地走进理发室，要求刮脸，结果呢？

小贝当大摇大摆地走进理发店。他嚷道："我要剃头！"

老板笑眯眯地说："哟，是我们的小贝当啊！请坐。"

小贝当扶了扶鼻梁上的眼镜，对老板说："我是大人了，你该叫我贝当先生。"老板递上报纸，改口道："请贝当先生看报。"

小贝当才读二年级，报上许多句子他还读不懂，但是他读得很认真，把报纸翻得哗哗响。

轮到贝当剃头了。他坐在椅子上，请理发师给他理个小分头。

理好头发，小贝当又让理发师给他刮脸。他指指边上那位脸腮光净、容光焕发的先生说:"我要像他一样。"

理发师把椅子放平,让小贝当仰面躺下,自己坐到一边看报去了。

小贝当等了半天不见动静。那位理发师正悠闲自得地看着报纸,店里其他客人都一个接一个走了,只剩下小贝当一个人,傻乎乎地躺在椅子上。

小贝当大声喊道:"理发员,你怎么还不放下报纸,让我等到什么时候?"

理发师说:"等到你长出胡子来。"

阅读感悟:
  多可爱的小贝当啊,觉得自己已经长大了,让理发师给他刮脸。风趣的理发师用自己的方式给了故事一个风趣的结尾,让这个故事充满了睿智和别致。

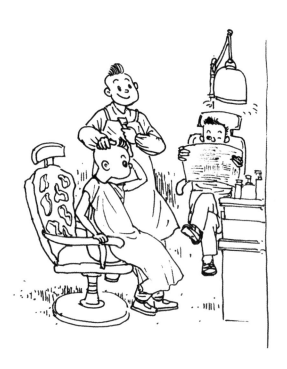

一块儿水果糖

（苏联）尼古拉·诺索夫 / 著
陈祖莫 武立峰 / 译

导读：
多好吃的水果糖呀！小米沙真想舔一口，他吃到了吗？

妈妈出门时对米沙说：

"我走了，小米沙，你要听话。我不在家时，你不要淘气，不要乱动东西。如果表现好，我就奖励给你一块儿红色的水果糖。"

妈妈走了。刚开始的时候，米沙挺听话，不淘气，也不乱动东西。后来他搬了一把椅子放到食品橱前，爬上去打开了橱门。他站在那往里看了看，心想：我什么也不动，只是看一看。

食品橱里有一个糖罐。他把它拿下来放在了桌子上。

"我就看一下，什么也不会动的。"他说。

打开盖子,他看见最上面有一块儿红颜色的东西。

"哎,"米沙说,"这不是水果糖嘛!大概就是妈妈答应要给我的那块儿。"

他把手伸进糖罐,拿出了那块水果糖。

"噢,"他说,"真大呀,肯定很甜。"

米沙舔了一下,心想:我咂一点尝尝就放回去。

他开始咂起来,一边咂一边看还剩多少。他总觉得糖还挺大的。最后,糖块儿小得就像火柴棍儿一样了,米沙才把它放回糖罐。他一边舔着手指头,一边看着那一小块儿糖,说:

"都吃掉算了,反正妈妈也要给我的。要知道,我表现得不错,没淘气,也没干坏事。"

米沙拿出那块儿糖,放进嘴里,然后想把糖罐放回去。他伸手放的时候糖罐粘在了手上,又砰的一声掉在地上,摔成了两半儿,里面的砂糖撒了一地。

米沙害怕了,想:这下要挨妈妈说了。

他把摔成两半儿的糖罐紧紧拼在一起,居然成功了,甚至连打碎的痕迹也看不出来。他把砂糖放进去,盖上盖子,又小心翼翼地把糖罐放回了食品橱。

妈妈终于回来了,说:

"喏,你表现得怎样?"

"挺好。"

"真是乖孩子!奖你一块儿糖!"

妈妈打开食品橱,去拿糖罐……哎呀!糖罐碎了,砂糖全撒到了地上。

"这是怎么回事?谁把糖罐打了?"

"不是我,是它自己……"

"啊,是它自己打的!好,就算是吧,那么,糖块上哪儿去了?"

"糖块儿……糖块儿……我把它吃了。因为我听话了,所以就把它吃了,就这样……"

阅读感悟:

小米沙真是一个小馋鬼,明明提醒自己只是看看,可最后还是爬上了食品橱,忍不住打开了糖罐,吃掉了那块诱人的红色水果糖,还把糖罐给打破了。你小时候有没有特别嘴馋的时候呢?你又做过哪些可笑的事?如果记不清楚,就请问问妈妈吧!

做大狗好还是小狗好

(俄)乌沙乔夫 / 著
韦 苇 / 译

导读：
　　做大狗有大狗的好处，做小狗有小狗的好处，这可让小狗索尼娅犯了难。你认为呢？

　　小狗索尼娅蹲在儿童广场上，它想：我是大些好还是小些好？……

　　"有时候是大些好，当然是大些好。"索尼娅想，"我长得大大的，猫得怕我，所有小狗都得怕我，连过路人看见我一个个都提心吊胆的……"

　　"有时候又是小些好。"索尼娅想，"因为你小，就谁都不用怕你，谁看着你都不用提心吊胆，这样就谁都会跟你玩儿。要是你是条个儿大大的狗，那就一定得给你拴上铁链子，还把你的嘴给套起来……"

就在这时,儿童广场旁走来了又高又大的马克斯,它是一条样子非常凶猛的大狼狗,嘴巴大得惊人,胸脯宽得吓人。

"请您告诉我,"索尼娅很有礼貌地问大狼狗,"嘴巴被套起来那会儿,您心里肯定很不愉快吧?"

索尼娅的问题让马克斯顿时火冒三丈。它怪可怕地呜呜叫着,要挣脱牵狗链冲过来……它猛地一下撞倒它的女主人,向索尼娅直扑过来。

"喂——喂——喂!"索尼娅听着身后传来的呜呜声,吓坏了,它于是想:"还是做大狗好!"

幸好,前面不远处有一个幼儿园,索尼娅就从幼儿园篱笆的一个小洞滋溜一下钻了进去。

大狼狗个儿太大,不能跟着钻过篱笆洞,只好在篱笆外头呼啦呼啦大声喘气,就跟火车头一样响……

"到底还是做小狗好。"小狗索尼娅想,"要是我的个儿大大的,怎么也不可能一下就从一个小小洞里钻过来。"

"可如果我的个儿很大很大,"它又想,"那么我又需要从洞里钻过来吗?"

阅读感悟：

小狗索尼娅想长得大大的，就谁都不怕了，真好；可是高大的马克斯看起来很凶猛，嘴巴还得被套起来，那一定很不好受。后来，小狗索尼娅又觉得还是做小狗好，你觉得呢！

小一、小二和小三

葛 竞 / 著

导读：
三个猎人去打猎，遇到三只大狮子，结果怎么样呢？

猎人小一、小二和小三，一起在森林里打猎。他们分工明确：小一负责装子弹，小二负责开枪，小三负责背猎物。

这天，小二感冒了，一直猛打喷嚏。"阿——嚏！"小二吸溜吸溜鼻涕，"阿……阿，那里有一头……阿……狮子……嚏！"小一、小三瞪大眼睛一看，可不，一头大个头的黄毛狮子从草丛里露出脑袋来，盯着他们。

小一赶紧装好子弹，把枪递给小二。小二擦擦鼻涕，眯起眼睛……就在马上要瞄准的时候，他忽然觉得鼻子特别痒，忍不住张大嘴巴，打了一个大喷嚏，一下子把枪震掉了。黄毛狮子听见响动，张大嘴巴大声吼，震得树叶哗啦哗啦往下落。小三着急了，他催小二："快点儿，再瞄一回！"小二顾不得擦鼻涕,又端起枪,眯起眼睛……可是,小二的大喷嚏又把枪震掉了。

突然,在那头黄毛狮子旁边又钻出一头黑毛狮子,它慢悠悠地朝他们伫走过来,冲他们张大嘴巴,露出又尖又亮的牙齿。小一、小三吓得晕了过去,只有小二老打喷嚏,一直清醒着。

小二吓得直哆嗦,说:"别……别吃我,我……我身上有感冒病毒。"黑毛狮子听了,闭上嘴巴,说:"放心吧!黄毛狮子只负责吼,我只负责龇牙,把你们吓晕。我俩都不会咬你的。""那么,谁负责咬人哪?"小二大着胆子问。"唉……是我。"从森林里又钻出一头白毛狮子。它头上缠着一条大白绷带,说话含含糊糊的。它皱着眉头,吸溜着嘴说:"我,我,今天牙痛,没办法完成任务了。"

唉,这真是一点办法都没有了。猎人小组和狮子小组今天都出了状况,他们决定先回家好好歇一歇,等组员们把病养好了再说。

阅读感悟：

因为猎人小组和狮子小组今天都出了状况，所以猎人打猎不成功，狮子也没有咬人，这是一件多么滑稽的事情啊！不过仔细想想，做事还是要灵活一点，对不对？

我爱你，月亮

太阳下山了，星星蹦了出来，你看，月亮也悄悄地升上了夜空。让我们步行在淡淡的月光下，听听月亮的絮语吧！

捞月网

(美)谢尔·希尔弗斯坦 / 著
叶 硕 / 译

导读：
你想过捉住月亮吗？

我自己做了一张捞月网，
准备今晚捉月亮。
我边跑边把它舞过头，
要抓那个大光球。

如果你明晚没看到
圆圆的月亮在天上。
那一定是我捉到了它，
把它装进我的捞月网。

如果月亮还在放光明,
你瞧瞧月亮下面会看清,
我正在天空把秋千荡,
一颗星星进了我的捞月网。

阅读感悟：
　　用捞月网把月亮捉住，这是多么奇异的想法啊！不止捞月亮，"我"也会打捞起一颗星星，这是多有趣的想法啊！

磨刀石

磨刀石 / 著

导读：
　　弯弯的月亮像什么？像香蕉，像小船，还是像……

月亮把夜天
当作一块蓝幽幽的
磨刀石

磨亮了镰刀
她就要去收割
像麦粒一样成熟的
满天的星星了

阅读感悟：

在诗人眼里，月亮是弯弯的镰刀，更妙的是，这把镰刀在夜空这块磨刀石上慢慢地磨，然后去收割星星了。整个夜空成了诗人放飞想象的乐园。反复读一读，体会诗歌的妙处。

祝你生日快乐

（美）法兰克·艾许 / 著
任霞苓 / 译

导读：
小熊快要过生日了，那月亮什么时候过生日呢？

有只小熊，明天过生日。它忽然想起来，该去问问——月亮什么时候过生日。

晚上，月亮出来了。小熊爬上树，对月亮叫："喂！"

月亮不回答，小熊想，我离月亮太远了，它听不见。

小熊就走到山里。它爬到最高的一座山上，现在，离月亮近些了吧，它对月亮叫："喂！"远远传来一声："喂！"小熊想，月亮听见了，它在回答我呢！

"你好！"小熊说。

"你好！"月亮回答。

"你什么时候过生日？"小熊问。

"你什么时候过生日？"月亮也问小熊。

小熊说："我明天过生日！"

月亮也说："我明天过生日！"

"你要什么礼物？"小熊问。

"你要什么礼物？"月亮问。

"我要一顶帽子！"小熊回答。

"我要一顶帽子！"月亮回答。

"好的。"

"好的。"

第二天，小熊到店里给月亮买了一顶最好看的帽子。

晚上，月亮又升起来了，它正好停在小熊家门前的树上，小熊爬上树，把帽子给月亮戴好，就去睡觉了。

一阵风吹来，帽子落到了地上。

早晨，小熊开门，看见门口有一顶漂亮的帽子。"哦，这准是月亮给我的礼物，它知道我也想要一顶帽子的。"小熊这么想着，把帽子戴在自己头上，出去玩了。

一阵大风吹来，把小熊的帽子吹到了小河里，沉下去了。小熊很难过。

晚上，它又到山里去了。它站在老地方，对月亮说："对不起，我把你送给我的帽子弄掉了。"

"对不起，我把你送给我的帽子弄掉了。"月亮也说。

小熊说："不要紧，我还是爱你。"

月亮也说:"不要紧,我还是爱你。"

"祝你生日快乐!"小熊说。

"祝你生日快乐!"小熊听着月亮的祝贺,高高兴兴回家了。

阅读感悟：

　　小熊要过生日了，想着要问月亮什么时候过生日，需要什么样的生日礼物。就这样，一个温情的故事开始了。小熊买帽子、送帽子，月亮送帽子……巧妙的情节安排、精巧的语言设计，让这个故事富有情趣，让人备感温暖。

月亮为什么没有衣裳穿

外国民间故事

韦 苇 / 译

导读：
月亮为什么没有衣裳穿呢？

月亮有一次跑来，对自己的妈妈说：

"啊，亲爱的妈妈，给我做一件衣裳吧！那些在地上走的人都穿衣裳哩！"

"好吧，我的乖孩子，"母亲回答说，"你去找裁缝师傅给你量个尺寸吧。"

月亮走到裁缝师傅那儿，量了尺寸，师傅让他过五天来取。过了五天，月亮跑来取衣裳。

月亮穿上新衣裳一看，怎么也不合身，衣裳又小又短。这衣裳月亮穿不成。

"我量尺寸时没量对。"裁缝师傅心里想。他又给月亮重新量了尺寸。

"月亮，过五天来取你的衣裳吧。"他说。

过了五天，月亮跑来了。穿上一看，更加小更加短了。怎么也穿不上。

"看来，我又错了。"裁缝师傅说，"我又得重做。"于是他又坐下来做。

又过了五天。裁缝师傅又重做了一件衣裳，他以为这次总可以适合月亮了。可一看：从天上向他滚来的月亮是圆溜溜的一个。裁缝师傅一打量，衣裳又不合适了：月亮已经变得又大又圆。裁缝师傅垂下双手，叹了口气说：

"不，孩子，我不能再给你做衣裳了：头一次来，你只有四分之一大，第二次来，你有一半大，第三次，滚圆一个了。一回小，一回大，一回更大。你的衣裳永远也做不合身的。"

就这样，月亮一直没有衣裳穿。

阅读感悟：

月亮一会儿胖，一会儿瘦，这下裁缝师傅可为难了，月亮的衣裳永远也做不合身。所以月亮也就没有衣裳穿了。这是欧洲巴尔干地区的民间故事，民间故事往往充满了神奇的想象，你喜欢这个故事吗？

大自然的气息

一枚树叶带着森林的味道,一朵小花有着太阳的香味。生命中的诗意,树林中的童话,让我们细细品味。

树叶的香味

(韩)金匡 / 著
佚 名 / 译

导读：
  捡起一枚树叶，你是不是把森林放在自己的手中了？

  夹在书页里
  一枚树叶，
  有森林的香味，
  有天空的香味。
  只要小小的一枚树叶，
  就能把伟大的
  秋的森林，
  长久保持在心里呢。

阅读感悟：

你感受到了吗？一枚小小的树叶给我们带来的感受，反复读一读，闭上眼睛，你一定能感觉到秋天的味道。

树干像支长笛

（美）苏珊·麦金太尔/著
白　伟/译

导读：
　　树干像什么？像一支长笛，在吹奏什么？

　　树干像支长笛
　　枝丫似按着笛眼屈伸的手指，
　　当风儿
　　柔和的风儿吹过时，
　　雨露般甜蜜的笛声
　　开始奏鸣。
　　星儿婆娑起舞，
　　鸟兽的歌声响遏行云。

阅读感悟：
　　风儿吹拂，树叶间就传来甜蜜的笛声，那声音让星儿起舞，让鸟兽鸣唱，多美的声音啊！你听见了吗？

蜗牛的森林

王一梅 / 著

导读：

蜗牛的森林是什么样的呢？

蜗牛生活在一片草地上，对蜗牛来说，这里就像是一片茂密的森林。

有一天，草地上来了一只穿红靴子的兔子，蜗牛很热情地招呼说："欢迎你来到蜗牛的森林。"兔子听了哈哈笑着说："这样的草地也算森林？最高的草才过我的靴筒。"

兔子给蜗牛描述真正的森林，那是有着高大树木的地方。

蜗牛很吃惊，世界上还有这样的地方？他决定去寻找真正的森林。

蜗牛上路了，他什么也不用带，他的壳就是他的一切。当他身体缩进去的时候，他就在休息；当他把身体伸出来的时候，他就在赶路。这样过了许多天。

一天，蜗牛看见四个巨大的树根，啊，这样的大树，一定只有森林里才会有啊。

蜗牛很高兴，他觉得自己到森林了。可是，森林这么大，蜗牛站在地上是看不清楚的，他决定沿着树干一直往上爬。

这是一棵多么老的树呀，蜗牛一边爬一边想着。

蜗牛爬到顶上的时候，感觉到刺眼的阳光。哦，他错了，他爬到了大象的背上。原来，那粗粗的树根是大象的腿。

大象一点也不知道背上有一只蜗牛，他踱着步子慢悠悠地走进森林。啊，小蜗牛终于看见了真正的森林。

太阳光斜斜地透过茂密的树叶，像星星一样撒在地上，也撒在蜗牛的壳上。

这时候，森林里来了一个巨人，大象很热情地招呼他："请休息一会儿吧，这里是大象的森林。"巨人哈哈笑着说："森林？这里的树林才一小片，我要到我自己的森林里去了。"

蜗牛想：巨人的森林一定更大。

大象经过草地的时候，蜗牛顺着他长长的鼻子下来了。

蜗牛安安心心地住在自己的森林里了，虽然这里最高的草也就刚过了兔子的靴筒。

阅读感悟：
　　蜗牛的森林原来是一片草地，对于蜗牛来说，这里就是一片茂密的森林。可是有一天兔子告诉他其实这不是森林。于是，蜗牛爬上了大象的背，见识了大象的森林；不过，巨人的森林一定会更大……可是，即使他们的森林再大，蜗牛还是喜欢自己小小的森林。最后，他安心地住在自己的森林里面。

做在大胡子里的鸟窝

（爱沙尼亚）拉乌德 / 著
韦 苇 / 译

导读：
　　一天，从大胡子里飞出来一只鸟。看来，鸟儿们把大胡子当成了窝。

　　说起来，大胡子小矮人的胡子也真大，天凉的日子里，它能当棉被。

　　有一天，太阳把睡在林中空地上的大胡子小矮人唤醒。大胡子正要梳理他的胡子呢，嗨，忽然从他的胡子里飞出了一只小灰鸟。

　　小灰鸟飞落在一根树枝上，蹲在那上头，愣愣地瞅着大胡子。大胡子只好躺在原地方，一动不动，这样小鸟就不会受惊了。

　　大胡子小矮人感觉，有什么东西在他的胡子里轻轻动弹。

他抬头一瞧，不由得笑了。大胡子里有个小鸟窝哩，里头有五个小鸟蛋。这小灰鸟妈妈在他的大胡子里孵蛋呢！这下可让大胡子为难了。孵蛋得清清静静、安安稳稳的，专心致志，才能把小鸟孵出来。于是，大胡子只好纹丝不动，静静躺在那里，呆呆仰望那白云在天空悠悠飘动。

后来，鸟妈妈飞上了树枝。过一阵，鸟爸爸回来了，嘴里叼着一条小虫子，鸟爸爸先站在树枝上，看大胡子靠得住靠不住，看了好一会儿，没事儿，就飞到鸟妈妈跟前，把虫子喂进它嘴里，又匆匆飞进了树林。鸟妈妈抱小鸟，鸟爸爸当然要忙碌些。它得不停地把各种好食物叼回来给鸟妈妈吃。

从早晨起，大胡子就没有吃过东西了。本来他的大胡子上结着些野果的，但早已吃完了，新的又没长出来。好在鸟爸爸看出大胡子肚子饿了，它及时地捉了些虫子来喂大胡子。大胡子赶紧闭上了嘴。

"谢谢你，我不会吃虫子，你还是好好照顾鸟妈妈吧，让它在我胡子里安心孵蛋。这样小鸟很快就能孵出来了。"

大胡子伸手拔了些草茎嚼着，不让自己的肚子太饿。他这么一动不动的，时间长了腰疼得厉害。可又不敢动弹，生怕一动弹就吓着鸟妈妈。幸好他的胡子里不多久就传来了轻轻的笃笃声。

第一只小鸟啄出壳来了！

"欢迎你，小东西！"大胡子低声说，"欢迎你到这个有趣的世界上来！"

大胡子忘了口渴，忘了饥饿，忘了腰疼。

第二只小鸟出世了，第三只、第四只、第五只，五只毛茸茸的小鸟！五个可爱的小生命！鸟妈妈看着自己孵出来的小家伙，心里说不出有多高兴。

同鸟妈妈一样高兴的，还有大胡子哩。

阅读感悟：

小矮人的大胡子成了鸟窝,这可让大胡子很为难,不过也很高兴。现在他动也不敢动,等着小鸟们出世,那是一件多么美妙的事情啊！

小狐狸买手套

（日）新美南吉 / 著
杜丽蓉 / 译

导读：
　　寒冷的冬天到来了，外面下雪了，小狐狸觉得好冷哦！妈妈决定给小狐狸买一双手套，小狐狸带着妈妈的嘱咐去商店买手套，它买到了吗？

　　寒冷的冬天从北方来到了狐狸母子居住的森林。

　　一天早上，小狐狸刚要出洞去，突然"啊"地喊了一声，它两只手捂住眼睛，滚到狐狸妈妈的身边，说："妈妈，眼睛不知扎上什么东西了，给我擦一擦！快点！快点！"

　　狐狸妈妈吃了一惊，有点发慌。它小心翼翼地把小狐狸捂着眼睛的手掰开看了看，眼睛里什么也没有扎上。狐狸妈妈跑出洞去，这才恍然大悟。原来昨天晚上下了一场很厚很厚的雪，白雪被灿烂的阳光一照，反射出刺眼的光，小狐狸还没见过雪，受到刺眼的反射光，误以为是眼睛里扎进什么东西了。

小狐狸跑出去玩儿了。它在丝棉似的柔软的雪地上兜着圈子，溅起的雪粉像水花似的飞散，映出一道小小的彩虹。

突然，后面发出可怕的声音：

呱嗒，呱嗒，哗啦！

像面粉似的细雪，哗啦一下，向小狐狸盖下来。小狐狸吓了一跳，在雪中像打滚似的，朝对面逃出去好远，心想：这是什么呀？它扭回头瞧了瞧，但什么异常情况也没有，只有雪像白丝线似的从树枝间不停地往下落着。

过了一会儿，小狐狸回到洞中，对妈妈说："妈妈，手冷，手发麻了。"

它把两只冻得发紫的湿手，伸到妈妈面前。狐狸妈妈一边呵呵地往小狐狸手上呵气，一边用自己暖和的手，轻轻握着小狐狸的手，说："马上就会暖和起来。妈妈给暖暖，很快就会暖和的。"

狐狸妈妈心里想：可爱的小宝宝，要是手上生了冻疮就可怜了。等天黑以后，去镇上给小宝宝买双合适的毛线手套吧。

黑乎乎的夜幕降临了，把原野和森林笼罩起来，但雪太白了，无论夜幕怎样包，仍然露出雪光来。

狐狸母子俩从洞里走出来。小狐狸钻在妈妈的肚子下面，一边走着,一边眨着滴溜圆的眼睛,好奇地看看这,看看那。

不久,前方出现了一点亮光。小狐狸看到后,就说:"妈妈,星星掉到那儿了,是吧?"

"那不是星星。"狐狸妈妈说着,不由自主地停住了脚。

看到镇上的灯光,狐狸妈妈想起了有一次和朋友到镇上去遇到的倒霉事。当时,狐狸妈妈一再劝说,不要偷东西,但朋友不听,想偷人家的鸭子,结果被人发现使劲追赶,好不容易才逃了出来。

"妈妈,站着干什么呀?快点走吧。"

尽管小狐狸在妈妈的肚子下催促,可狐狸妈妈怎么也不敢往前走了。它想啊想啊,怎么也想不出一个买手套的好办法,只好让小狐狸独自去镇上。

"宝宝,伸出一只手来。"

狐狸妈妈握住小狐狸伸出的那只手,不大工夫,那只手变成了可爱的小孩手了。小狐狸把那只手伸开,握住,又掐,又嗅。

"真奇怪啊,妈妈,这是什么呀?"

小狐狸说着,借着雪光,又仔细端详起那只变了形状的手。

"这是小孩手,宝宝。镇上有很多人家,首先要找挂着黑色大礼帽招牌的人家,找到后,咚咚地敲敲门,然后说'晚上好'。你这样做了,人就会从里面把门打开个缝,你从门缝里把这只手,哦,就是这只小孩手伸进去,说:'请卖给我一副合适的手套。'明白了吗?可不能把那只手伸进去啊。"狐狸妈妈耐心地教导着小狐狸。

"为什么要这样做呢?"小狐狸不解地反问道。

"因为人要是知道你是狐狸的话,不但不卖给手套,还要抓住往笼子里关呢!人哪,真是可怕的东西啊!"

"嗯。"

"千万不能把那只手伸进去。噢,要把这只,瞧,把这只小孩手伸进去。"

狐狸妈妈说着,把带来的两个白铜钱,塞进小狐狸的那只小孩手里。

小狐狸在映着雪光的原野上,摇摇摆摆地朝着镇上的灯光走去。

开始只有一个灯,接着出现两个、三个,后来增加到十几个。

小狐狸看着灯光,心里想:灯就像星星似的,有红的,有黄的,还有蓝的呢!

不久,到了镇上。大街上,家家户户都已经关了门,只有柔和的灯光,透过高高的窗户,映在街道的积雪上。

不过,门外的招牌上,大都点着小电灯泡。小狐狸边看招牌,边找帽子店。有自行车招牌、眼镜招牌,此外还有很多很多的招牌。那些招牌有的是用新油漆写上的,有的像旧墙壁似的已剥落了。第一次到镇上来的小狐狸，不明白那些到底是什么。

小狐狸终于找到了帽子店。妈妈在路上曾仔细告诉它的。画有黑色大礼帽的招牌，在蓝色灯光的照耀下，挂在门前。

小狐狸按照妈妈教的，咚咚咚敲了敲门，说道："晚上好。"里面响起咯噔、咯噔的声音。然后，门嘎吱一声开了一寸左右的缝。一道灯光穿过门缝，长长地映在街道的白雪上。

小狐狸的眼睛让灯光一晃，一下子慌了起来，把不该伸进去的手从门缝里伸了进去，说："请卖给我一双合适的手套吧。"

帽子店的人看到这只手，不由得"哎呀"了一声。他想：这是狐狸手呀，狐狸买手套一定是拿树叶来买了。于是，他说："请先交钱。"

小狐狸握着两个白铜钱，老实地交给了帽子店的人。那人用食指弹弹，然后互相敲敲，发出叮叮好听的声音。他想，这不是树叶，是真正的铜钱，便从柜子里取出小孩用的毛线手套，放到小狐狸的手里。小狐狸说了声"谢谢"，就离开了帽子店。它顺着来的路一边走一边想，妈妈说人是可怕的东西，可它却并没感到人有什么可怕的。

当它正要从一个窗户下走过时，忽然听到人的声音。啊，这是多么慈祥、多么好听、多么稳重的声音呀！

"睡吧，睡吧，

躺在妈妈的怀里，睡吧，睡吧，

枕在妈妈的胳膊上。"

小狐狸想，这声音肯定是小孩妈妈的声音。因为每当小狐狸困了想睡觉时，狐狸妈妈也是用这种慈祥的声音，摇着它的。

接着，是小孩的声音：

"妈妈，这么冷的晚上森林里的小狐狸冷不冷？"

又是小孩妈妈的声音。

"森林里的小狐狸啊，听着狐狸妈妈的歌儿，在洞里就要睡着了。好宝宝快睡吧，看看宝宝和狐狸哪个睡得快。一定是宝宝睡得快。"

小狐狸听到这儿，忽然想起妈妈来了。它飞快地朝着妈妈等候的地方跑去。

阅读感悟：

　　新美南吉用淡淡的笔触讲述了一个温馨的故事，小狐狸独自在下雪天去买手套，一不小心伸错了手，还好，善良的帽子店主人把手套卖给了它。不管是人还是狐狸，母子亲情一样感人。当我们能够善待周围的事物，我们心中会充满宁静和温暖。

春天的诗

　　春天来了,花儿开了,草儿绿了。你听,小鸟在枝头歌唱;你看,蝴蝶在花丛中飞舞。让我们去寻找春天的足迹吧!花儿吐出一个个绿色的音符,雨点演奏着一出出动人的乐曲。让我们接受春天的邀请,去参加春天的盛会吧!

花和蝴蝶

林焕彰 / 著

导读：
　　盛开的花朵和飞舞的蝴蝶在春天里演绎着一首美妙的诗歌，赶紧读读吧！

花是不会飞的蝴蝶，
蝴蝶是会飞的花。

蝴蝶是会飞的花，
花是不会飞的蝴蝶。

花是蝴蝶，
蝴蝶也是花。

阅读感悟：

你看见了吗？花和蝴蝶成为春天里最亮丽的风景。一朵朵花儿在开放，一只只蝴蝶在飞舞，在一句断成两行的排列中，让我们看到了春天里的灵动和明丽。

春天

谢武彰 / 著

导读：
　　风告诉大家，春天来了，春天在哪里呢？让我们一起来找一找吧！

风跑得直喘气
向大家报告好消息
春天来了，春天来了

花朵站在枝头上
看不见春天
就踮起脚尖，急着找
春天，在哪里
春天在哪里
花，不知道自己就是
春天

阅读感悟：

不知什么时候，枝头的花儿开放了，仿佛在告诉我们，春天来了。可春天的花朵却在四处寻找春天，多可爱的花朵啊！多美好的春天啊！

小 树

(苏联)拉·法尔哈季 / 著

韦 苇 / 译

导读：
春天的早晨，园子里的小树在做什么？

"小树，
　　你在我们园子
　　　　都做些什么？"
"春天的早晨
　我往高处长，
　长得高高！"

"那么晚上
　　你在我们园子

都做些什么？"
"晚上，我的叶子都成了小手，
　　掌心把星星高高托着！"

阅读感悟：
　　小树在春天里往高处长，长得高高，多么富有生命力啊！晚上的小树呢？把星星高高托着，多么富有想象力啊！读一读这样的诗，看着春天的小树，你又会有怎样的想法呢？

春天被卖光了

杜荣琛 / 著

导读：
不知不觉中，春天不见了，春天哪里去了呢？

春天是一匹，
世界上最美丽的彩布，
燕子是个卖布郎。

它随身带着一把剪刀，
每天忙碌地东飞飞，
西剪剪，
把春天一寸寸卖光了。

阅读感悟：

空中飞舞的小燕子，你看到了吗？你想到了吗？春天被燕子一寸一寸卖光了，多么有趣的想法，多么有趣的诗歌啊！

奇妙的世界

  我们的世界多么奇妙,天上有蓝天、白云,地上有高山、平原。四季有变化,生命有轮回,斗转星移,日月如梭……让我们一起走进奇妙的世界吧!

我们奇妙的世界

（英）彼得·西摩 / 著
马 丽 / 译

导读：
不看不知道，世界真奇妙！

这个奇妙的世界里充满了宝——各种颜色、各种形状、各种尺寸、各种体积的宝藏，这些都需要我们去寻找。

天空向我们展示了许多宝藏。

清晨，我们看到了日出，它给新的一天带来光明。刚开始天空呈粉红色，慢慢地变成了蔚蓝色，太阳就像一个大火球一样升起来了。

有时，云彩在蓝色的天空中飞行，它们就像被雕饰过一样，呈现出各种奇妙的形状，这会告诉我们许多奇妙的故事……

当云彩变得又黑又重时，雨点就会噼啪噼啪地降落到大地上。

雨后，我们会看到地上有许多水洼，它们就像许多有趣的镜子一样，映照出我们的脸来。

一天结束了，落日的余晖不时地变幻着颜色，好像上帝给天空涂上了金色、红色和紫色。

黑夜降临了，我们看见夜空中有群星在闪烁，就像千千万万支极小的蜡烛在发光。

地球也向我们展示了许多隐藏的财富。

我们能看到植物生长的奇迹。将极小的一粒种子种到地里，它会生根、发芽，不久就开花了，花很漂亮。

我们能看到各种水果诱人的颜色：鲜红色的樱桃，深紫色的李子，浅黄色的梨……

夏日，我们在大树下乘凉，我们会感叹，树叶带给我们这么多绿荫。

秋天，金黄色的光辉神奇地到来了。那时，我们的道路好像洒满了光芒。蝴蝶张开漂亮的翅膀在空中翩翩起舞。鸟儿为建造它们的房子，衔着泥土振翅飞翔。我们能感到秋风劲吹，看到树枝在颤动、树叶在飘落。

冬天，我们看到了屋檐上的冰。它们好像一把把锋利的刀剑在阳光下闪耀。等到冰融化时，从屋檐上落下的每一滴水，都像一个透明的玩具气球。

只要我们仔细地观察、寻找，我们就能从极普通的事物中找到美——各种各样的卵石，三桅小船的模型，不同颜色的羽毛……

是的,世界上存在着无穷的奇妙的事物,只要我们去寻找。

阅读感悟:
世界上有许许多多的事情,你发现了吗?让我们睁大眼睛去看,用耳朵去听,用鼻子去闻,一起来探究这个神奇的世界吧!

能发光的花

佚 名

> **导读：**
> 我们都知道太阳会发光，灯会发光。有一种花也会发光，你相信吗？

夜皇后是生活在南美洲的巴西人最喜爱的花。

这种花的颜色极多，有红、黄、蓝、紫、灰等，它们通常生活在湖面上。在白天，它们看上去非常的赏心悦目，到了晚上，就更加漂亮了。呀，不对不对，晚上一片漆黑，人们怎么能看到它的倩影？

这你不用发愁，因为夜皇后有本事。

每当夜幕降临，夜皇后会闪烁出它们各自的光彩。风轻轻地吹拂着，它们便不时地移动，湖面上顿时像飞起了无数只萤火虫。如果它们不是生活在湖面上，而是长在田野里，那情形就更加美妙了。远远地望过去。就像有无数的精灵在空中飞舞，它们中有的看上去就像是要飞到天上去了。

其实这些都是光线的关系,即使它们一动不动,只要有风,夜皇后就能给你这种光的错觉。

夜皇后怎么会自身发光呢?

说来简单,原来,在夜皇后的花蕊里含有非常丰富的磷质,一到黑夜,磷就闪闪发亮,使各种颜色的花都变得异常美丽。

夜皇后,又叫磷花,可叫磷花就显得难听多了。

阅读感悟：

夜皇后为什么会发光呢？你能从文中找到答案吗？

小浣熊洗糖记

段名贵 / 著

导读：
妈妈说过，吃东西一定要把东西洗一洗。不过，这次妈妈的话好像不灵了。

小浣熊在树林里玩耍。在草丛里，他发现了一块用彩色纸包着的东西。

小浣熊把鼻子凑近那块东西闻了闻，情不自禁地说："啊，好香啊！一定是好吃的东西。我来尝尝吧！"小浣熊刚要把那块东西放进嘴里，突然想起妈妈的话：吃东西前一定要把东西洗干净才能吃。于是，他来到小溪边，把那块东西放进水里。可是，那块东西一沾水，就变得黏黏糊糊的，弄得小浣熊满手都是。小浣熊生气极了，心想："这是什么东西呀？幸亏没有吃，要是把它吃进肚子里，那还不把肚皮粘在一起？"

"嗨，宝贝，你在洗什么呢？"浣熊妈妈过来了。小浣熊摆摆手，厌恶地说："一种又香又黏的东西。"浣熊妈妈看了看小浣熊手里的东西，笑着说："这是奶糖，非常好吃，它一遇到水就会溶化，不能洗的。"

小浣熊难过得一屁股坐在地上，早知道捡到的是美味的奶糖，他才舍不得洗呢！

阅读感悟：

看来，糖果是不能在水里清洗的，因为糖会在水里溶化。想想看，还有什么东西是不能在水里洗的。

爱跳舞的草

佚 名

草会跳舞吗？难道草有魔法？还是在文章里找答案吧。

孔雀会跳舞，鱼会跳舞，小鸟会跳舞，人会跳舞，草也会跳舞！

有没有搞错？没错。会跳舞的草就长在我们的云南省的西双版纳。

舞草跟大豆、花生都是亲戚，属于草本植物，它的身材很高，有两米左右，分枝很少，叶是复叶，由三片叶子组成，顶端是一片椭圆形的大叶。在大叶茎部，对称地长着两片小叶。

舞草在一天二十四个小时中，有十六个小时都在跳舞。

白天，不但小叶在舞动，连大叶也在舞动。到了晚上，大叶不动了，它软软地垂下，就像睡过去一样，而两片小叶却跳得更加起劲了,它们不停地跳着椭圆形的舞,舞步时快时慢,舞姿无比优美。它跳的时候,节奏感很强,最快时,一分钟能跳一圈。令人奇怪的是:它们的舞蹈动作并不是一成不变的。跳了一会儿椭圆形的舞蹈后,它们就开始跳"蝴蝶舞",上下两片小叶会慢慢摆动。这样的舞蹈一直持续到子夜。只有夜深人静时,它们才会安静地睡去。然而第二天一早,它们又开始跳舞了。

这是怎么回事?

噢,舞草之所以会跳舞,是因为太阳。小叶对太阳发出的光反应特别灵敏,所以它们就情不自禁地跳了起来。

这下你该明白了吧。原来太阳是舞草的舞蹈老师!

阅读感悟:
会跳舞的草原来长在云南的西双版纳,它的舞姿并不是一成不变的,一天当中十六个小时在跳舞。想一想,下雨的时候它会跳舞吗?知道为什么吗?

我的一家

　　家,多么温暖的字眼;家,多么温馨的地方。家里有漂亮的妈妈,家里有帅气的爸爸,还有一个可爱的娃娃。家里还有笑声和故事呢!

标点符号

丁 云/著

导读：
标点符号和家有什么关系呢？

妈妈是逗号，
整天唠唠叨叨没完没了。

爸爸是冒号，
发号施令威风得不得了。

我是省略号，
说话有点结巴总是惹人笑。

那爷爷呢？
唉！还躺在医院里，
只好当病号。

阅读感悟:

用标点符号形象地说出家庭每个成员的特点,多好玩啊!"我"是省略号,爸爸是感叹号,妈妈是逗号,那爷爷是什么号?病号!这真是出人意料!正是这样的出人意料,让这首小诗读起来更有趣了。

鞋

林武宪 / 著

导读：
　　天黑了，鞋子也回家了，看看鞋架上的鞋，你会想到什么？

我回家，把鞋脱下
姐姐回家，把鞋脱下
哥哥、爸爸回家
也都把鞋脱下

大大小小的鞋
是一家人
依偎在一起
说着一天的见闻
大大小小的鞋
就像大大小小的船

回到安静的港湾

享受家的温暖

阅读感悟：

　　大大小小的鞋依偎在一起，多么温暖的场景呀！让我们不由得想起来每天晚上一家人聚在一起的快乐。想一想，大大小小的鞋在说什么呢？

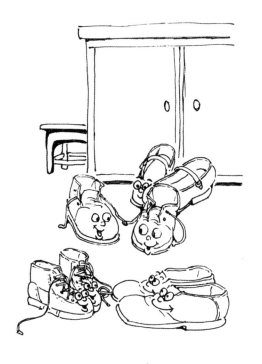

缝姓名牌

王淑芬 / 著

导读：
上学了，老师要求把姓名缝在校服上，谁来缝呢？

今天，我的家庭联络簿又被盖了个章——晨检不合格。

妈妈问我："忘记带手帕了，对不对？"

"不对，是忘记带姓名牌。"

"不是叫你把活动姓名牌放在书包里吗？"

我告诉妈妈："全班只有我一个人用活动姓名牌。老师说，还是请您把姓名牌缝在校服上。"

妈妈皱起眉头："我是怕你被歹徒记下班级。唉，算了，算了。我来缝。"

说真的，这是我第一次见妈妈拿针线。不到两秒钟，妈妈就大叫一声："哎哟！"然后将手指头放进嘴巴里舔。

"你们学校姓名牌真怪，这么厚，真难缝哟！"

我赶快提醒妈妈:"您缝颠倒了。"

"怎么不早说?"妈妈瞪我一眼,拿起剪刀拆掉缝了一半的姓名牌。

爸爸从书房走出来,摇摇头说:"你们这些现代妇女,连最基本的针线活儿都做不好,真丢脸。"

妈妈嘟起嘴:"明明是这块塑料姓名牌不好缝。"

爸爸低头看着妈妈的杰作,大笑起来:"歪得真离谱。"

"光会批评,你来缝好了。我已经被针扎了两个洞啦。"妈妈又把手放进嘴里。

爸爸卷起袖子,告诉我们:"让你们见识见识本人的'巧手'。"

说完,便把校服放在大腿上,有板有眼地缝起来。

"不错嘛,挺整齐的。"妈妈在一旁称赞。

"不是我吹牛,从小你奶奶就常夸我脑子好,手又巧。"爸爸抬起头,笑眯眯地对我说。

姓名牌很快就缝好了,的确很端正,爸爸的手艺真不错。"好了!拿去。"爸爸把线头剪掉,我赶快伸手去接。

"哎呀"一声,爸爸突然叫起来。

"巧手"的爸爸,把校服和他的裤子缝在一起了。

阅读感悟：

　　妈妈来缝姓名牌，结果缝倒了。爸爸呢？缝得整整齐齐的。正当爸爸得意的时候，却发现他把姓名牌缝在了裤子上，这真是太好笑了。你们家里是不是也发生过这样的事情呢？

我的傻瓜妈妈

朱建勋 / 著

导读：
你的妈妈是个什么样的人呢？美丽的，温柔的，严厉的，还是……

一个偶然的机会，我听朋友说，台北小学一至六年级的学生每人写了篇主题为"母亲"的作文，第二天在学校礼堂举行获奖作文朗读会。出于好奇，我去做了采访。

刚开始的时候，总是听到孩子们朗诵"我的妈妈是天下最伟大、最好的妈妈"，千篇一律的内容真使人想打瞌睡。我心中盘算，再听几位小朋友朗读完，就先行离去。不料，下一位上台的女孩开口的头一句话，便使我大吃一惊。

她首先以清脆悦耳的声音高声地念出作文题目，并做自我介绍——

《我的妈妈是个傻瓜》，（大笑）五年级，甲班，陈小华。

我的妈妈是真正的傻瓜，她经常做错事。有好几次，妈妈做菜做到一半就去晒衣服，结果锅里的汤汁都溢了出来。她为了把火关掉，一紧张，就把还没有挂上竹竿的衣服全丢在地上。结果衣服弄脏了，锅子也被她弄翻了，两边都是一塌糊涂。

这时，我的傻瓜妈妈就会以滑稽的表情，红着脸向我爸爸道歉："我真差劲，对不起呀！下次我会注意的！"

爸爸就会笑着回答说："你真蠢。"

不过，我认为说这话的爸爸也一样是傻瓜爸爸。（大笑）有一天早上，大家正在吃早饭的时候，爸爸突然慌慌张张地从房间里面奔出来，他一边穿上衣、打领带，一边找公文包，找到以后说了声："啊！糟啦，来不及了。"就奔出了大门。

"放心，他一会儿就会回来的。"妈妈倒是相当镇静。

果然不出所料，爸爸没多久就走回来，而且很不好意思地挠着头说："你们看，我空忙了一场，竟然忘了今天是星期天呢！哈哈——"

这就是我爸爸也是傻瓜的原因。

由这种爸爸和妈妈生下的我，当然不可能是聪明的，弟弟也一样是傻瓜，我家里的每一个都是傻瓜。（笑）可是我——

（全场突然安静下来。）

我非常喜欢我的傻瓜妈妈，我比世界上任何一个人都还要喜欢她。（观众席中，许多母亲不禁拿出手帕来擦眼泪。）

我长大以后，也要变成像傻瓜妈妈一样的女人，和像我的傻瓜爸爸一样的男人结婚，生小孩，然后抚养像我一样的傻瓜姐姐和像弟弟一样的傻瓜弟弟，组成像我现在的家一样温暖又快乐的家庭。请傻瓜妈妈一定保持健康，等到那时候。（大家纷纷流泪。）

等到这个小女孩朗诵结束以后，我才看清，原来这是一位身穿学生服、外罩红毛衣、扎着两条小辫子的女学生。她在泪水、笑容和掌声中步下讲台，然后跑到因高兴而流泪的"傻瓜妈妈"身边。

阅读感悟：

我的妈妈真的是傻瓜吗？看了小朋友的文章，你是不是很感动？你看，怀着对妈妈的爱，写真话，写出妈妈身上真实发生过的糗事，多感人。

爷爷一定有办法

（加拿大）菲比·吉尔曼 / 著
宋 珮 / 译

导读：
你喜欢你的爷爷吗？你觉得你的爷爷是一个什么样的人呢？

当约瑟还是娃娃的时候，爷爷为他缝了一条奇妙的毯子。毯子又舒服又保暖，还可以把噩梦通通赶跑。不过，约瑟渐渐长大了，奇妙的毯子也变得很旧了。

有一天，妈妈对他说："约瑟，看看你的毯子，又破又旧，好难看，真该把它丢了。"

约瑟说："爷爷一定有办法。"

爷爷拿起毯子，翻过来，又翻过去。"嗯……"爷爷拿起剪刀开始咯吱咯吱地剪，再用针飞快地缝进、缝出、缝进、缝出。爷爷说："这块料子还够做……"

爷爷做了一件奇妙的外套。约瑟穿上这件奇妙的外套，开心地跑出去玩了。

不过，约瑟渐渐长大，奇妙的外套也变得很旧了。

有一天，妈妈对他说："约瑟，看看你的外套，缩水了、变小了，一点儿也不合身，真该把它丢了！"

约瑟说："爷爷一定有办法。"

爷爷拿起了外套，翻过来，又翻过去。"嗯……"爷爷拿起剪刀开始咯吱咯吱地剪，再用针飞快地缝进、缝出、缝进、缝出。爷爷说："这块料子还够做……"

爷爷做了一件奇妙的背心。第二天，约瑟穿着这件奇妙的背心去上学。

不过，约瑟渐渐长大，奇妙的背心也变得很旧了。

有一天，妈妈对他说："约瑟，看看你的背心，上面粘了胶，又粘着颜料，真该把它丢了！"

约瑟说："爷爷一定有办法。"

爷爷拿起了背心，翻过来，又翻过去。"嗯……"爷爷拿起剪刀开始咯吱咯吱地剪，再用针飞快地缝进、缝出、缝进、缝出。爷爷说："这块料子还够做……"

爷爷做了一条奇妙的领带。每个礼拜五，约瑟都戴着这条奇妙的领带去爷爷奶奶家。

不过，约瑟渐渐长大，奇妙的领带也变得很旧了。

有一天，妈妈对他说："约瑟，看看你的领带！沾到汤，脏了一大块，都变形了，真该把它丢了！"

约瑟说:"爷爷一定有办法。"

爷爷拿起了领带,翻过来,又翻过去。"嗯……"爷爷拿起剪刀开始咯吱咯吱地剪,再用针飞快地缝进、缝出、缝进、缝出。爷爷说:"这块料子还够做……"

爷爷做了一条奇妙的手帕。约瑟收集的小石头,就用这块奇妙的手帕包得好好的。

不过,约瑟渐渐长大,奇妙的手帕也变得很旧了。

有一天,妈妈对他说:"约瑟,看看你的手帕!已经用得破破烂烂、斑斑点点的了,真该把它丢了!"

约瑟说:"爷爷一定有办法。"

爷爷拿起了手帕,翻过来,又翻过去。"嗯……"爷爷拿起剪刀开始咯吱咯吱地剪,再用针飞快地缝进、缝出、缝进、缝出。爷爷说:"这块料子还够做……"

爷爷做了一颗奇妙的纽扣。约瑟把这颗奇妙的纽扣缝在他在吊带上,这样裤子就不会滑下来了。

有一天,妈妈对他说:"约瑟,你的纽扣呢?"

约瑟一看,纽扣不见了!他找遍了所有的地方,就是找不到纽扣。约瑟跑到爷爷家,嚷着:"我的纽扣!我的奇妙纽扣不见了!"

他的妈妈跟着跑来,说:"约瑟!听我说!那颗纽扣没有了,不在了,消失了,即使是爷爷也没办法无中生有呀!"

爷爷难过地摇摇头,说:"约瑟啊,你妈妈说得没错。"

第二天,约瑟去上学。"嗯……"约瑟拿起笔来,在纸上唰唰唰地写着,他说:"这些材料还够……"约瑟用这些材料写成了一个奇妙的故事。

阅读感悟:
　　一条毯子,在爷爷的手里慢慢地变成外套、背心、领带、手帕、纽扣……最后变成了一个奇妙的故事,看来,爷爷真的有办法!

我爱你，太阳

　　让我们屏住呼吸，走进自然的怀抱，去和每一株小草说说话，去追逐每一个飞翔的梦。看，阳光暖暖地照着，风儿柔柔地吹着，让我们一起走进文字，去感受清新的气息。

夏天的太阳

(英)罗伯特·斯蒂文森 / 著
屠 岸 方谷绣 / 译

导读：
　　太阳，谁没见过。可是，这样含情脉脉的太阳，你见到过吗？

伟大的太阳，大踏步地走过，
广阔的天空，从不休息；
在那蓝色的光辉的白天，
他洒下光束比雨丝更密。

我们一一放下了百叶窗，
使客厅保持阴凉舒适，
他还是找到了一两个裂缝
伸进他金光闪亮的手指。

他穿过锁眼钻到里面去，
教结满蛛网的阁楼欢乐；
他还通过瓦片的裂口
向架着梯子的干草垛笑着。

同时他露出金色的脸庞，
面向花园的一切领域，
他那热烈而善良的目光
直射向常春藤枝的深处。

沿着海洋，循着山岭，
绕着辉煌的蓝天运行，
给玫瑰着色，教儿童高兴，
他——伟大宇宙的园丁！

阅读感悟：
  这首小诗，把太阳写得这样可爱而富有情意，是因为把太阳当作了人来写。世间的万事万物，一旦被诗人赋予了人的思想感情，就会变得充满魅力。你的小书包、小板凳，以及周围的一切，如果变成一个有生命的人，它们会对你说些什么呢？

摘苹果

傅天琳 / 著

导读：
苹果熟了，让我们和妈妈一起去摘苹果吧！

我们去摘苹果。

苹果树是妈妈栽的，妈妈栽的苹果树结苹果了。夏夏，妈妈抱你，你就是妈妈的苹果了。

你的手太嫩，力气太小，使足了劲也摘不下苹果来。不要紧的，你会长大，长得像苹果树一样高，像妈妈一样有力气。

太阳照着你和苹果，照着土地和妈妈。让妈妈摘一个苹果放在你的耳边。听见什么了？是太阳，是大地，还是妈妈的声音？

阅读感悟：

　　亲爱的孩子，妈妈抱着你，去摘红红的苹果。阳光照着苹果和大地，也照着妈妈和大地，你感受到妈妈对孩子绵长的爱意了吗？

尖尖的草帽

金 波 / 著

导读：
　　一只蜻蜓，一只有着亮亮翅膀的蜻蜓，请你停在我的草帽上。

　　下过一阵雨以后，太阳又出来了。

　　我看见一只蜻蜓在阳光里飞翔。它的翅膀亮得像镀上了一层金子。

　　我眯着眼睛看着它飞来飞去。

　　它一点儿也不怕我。它追着我飞。我好像还听到了它扇动翅膀的声音。

　　我猜想：它一定是要落在我的草帽上，它一定是把我的草帽当成了一间小草房尖尖的屋顶吧！

　　我停住脚步。我在草帽下微笑着。我等待着它落在我尖尖的草帽上。

　　唉，可惜它飞走了。

我又想：它一定是没有看见我的微笑，要不然，它准飞回来，落在我尖尖的草帽上。

阅读感悟：
　　多可爱的蜻蜓啊，在阳光里飞，追着我飞，我真的希望它能停在我尖尖的草帽上。哦！蜻蜓，请你飞回来，看一看我的笑容吧！

夏天来了

张 洁 / 著

导读：
夏天来了，让我们走进乡野吧，去感受夏天的气息。

紫荆条的花坠落之后，那紫色的树一下就绿了。我总是觉得奇怪，不能将满枝条的绿叶与原先鲜亮的色彩相连。

就在我恍惚的时候，桃树上结了小桃，它们很快地长大。小宛采了一只，在身上擦去绒毛便啃起来，边吃边说："好味道。"我看得直咽口水。

燕儿不知从哪儿钻出来，一把夺过小宛的桃整个儿塞进自己嘴里，于是她脸上鼓起了一个好大的疙瘩，然后就这样指着碧蓝碧蓝的天说："我融化了。"

融化的还有我和小宛。

天幕上没有一丝云彩，蓝得又高又亮。

我们被深深地打动了。

年轻的心是林中的水滴。

好似徐志摩的诗句："她是睡着了——／ 星光下一朵斜敧的白莲 ／ 她入梦境了——／ 香炉里袅起一缕碧螺烟。／／她眠熟了——／ 涧泉幽抑了喧响的琴弦 ／ 她在梦乡了——／ 粉蝶儿，翠蝶儿，翻飞的欢恋。"

三个"消失"的人隐进了空气。

音籁此起彼落。

万物风姿秀逸。

红玫瑰的蜜语，爬山虎的轻吟，栀子的呼唤，还有麦穗的喧腾、睡莲的呼吸、蜜蜂的倾诉、夜莺的鸣唱……

蒲公英的种子飞远去，枇杷树上的果儿熟了，广玉兰的花儿开了，荷花开始飘香，青蛙在透着灰光的夜幕下呱呱叫……

所有的一切全混杂在一起，织成热烘烘的气流。

白昼拉长。

不再昏暗的傍晚，酡红色的落日又大又圆，满是憨态，笑眯眯地缀在西天。

绵软的风纡徐，吹落一片樟树的红叶。

我们曾经疯跑的脚步，不知不觉已经慢下来。

款款前行。

燕儿突然问："前面是什么地方？"

"毛病！"小宛撞了我一下。

我说:"管它呢!"

三个人一齐笑出声。

一条小河闪着鳞光跃进轻快的眼目。

清水微凉,高高地扬着脑袋,把岸边的小草一同拢入水中。

等不及了。等不及了。

我们脱掉鞋,光着脚踏上被水没掉的石板台阶。

波纹细密地游泛。

最初的冰冷之后,留下的是温存。

小宛说:"已经是夏天了!"

燕儿打了个呼哨。

我手中的石片滑在水面上,连跳三级。

阅读感悟:

已经是夏天了,多么美好的季节啊!尝一尝小毛桃的味道,摘一串枇杷,顶一支荷花……夏日的气息顿时浓烈起来,心情也会快乐起来。

林中的太阳

（苏联）普里什文 / 著
潘安荣 / 译

导读：
　　太阳照耀在林中，林中又是一番怎样的世界？

　　好一片密林！密得叫人无法一下子看到天际的太阳，只有凭了斑斑驳驳的像箭似的金光，你才能猜到太阳就藏在那棵大树后面，从那儿向着黑暗的林中投来清晨的斜光……

　　从敞亮的空地走进林中，就像进了山洞一般，但是你若环视四周，真是妙极了！在阳光明艳的日子里，处身于黑暗的林中，简直是美不可言。我想那时无论是谁，尘思都会顿然消失，心境都会豁然开阔。那时欢愉的思绪将会从一个光斑飞向另一个光斑，一路飞到阳光明艳的空地上，突然抱住一棵枝叶扶疏有如小塔楼似的云杉，像毫不懂事的小姑娘似的为桦树的白皙而神迷，把红喷喷的小脸蛋藏到它那郁茂的绿叶中，在阳光下兴冲冲地再从一个空地奔向另一个空地。

阅读感悟：
　　走进阳光下的密林，就像走进了一个山洞，尘思会消失，心境会开阔。细细品读文字，去领略大自然的美妙。

我要和你在一起

　　有了朋友，生命里就有了许多的感动，生活中有了很多的情意；有了友谊的滋润，每一句话都有了温度，每一个故事都是那么的温馨。让我们走进友情天地，去聆听每一次的感动。

去年的树

（日）新美南吉 / 著
佚 名 / 译

导读：
去年的树还在吗？你还记得我们的约定吗？

一棵树和一只鸟儿是好朋友。鸟儿坐在树枝上，天天给树唱歌，树呢，天天听着鸟儿唱。

日子一天天过去，寒冷的冬天就要来到了。鸟儿必须离开树，飞到很远很远的地方去。

树对鸟儿说："再见了，小鸟！明年请你再回来，还唱歌给我听。"

鸟儿说："好的，我明年一定回来，给你唱歌，请等着我吧！"

鸟儿说完，就向南方飞去了。

春天又来了。原野上、森林里的雪都融化了。鸟儿又回到这里，找她的好朋友——树来了。

可是，发生了什么事情呢？树，不见了，只剩下树根留在那里。

"立在这儿的那棵树，到什么地方去了呀？"鸟儿问树根。

树根回答："伐木人用斧子把他砍倒，拉到山谷里去了。"

鸟儿向山谷里飞去。

山谷里有个很大的工厂，里面传来了锯木头的声音："沙——沙——"

鸟儿落在工厂的大门上，她问大门："门先生，我的好朋友——树在哪儿，您知道吗？"

门回答："树么，在厂子里给切成细条条儿，做成火柴，运到那边的村子里卖掉了。"

鸟儿向村子里飞去。

在一盏煤油灯旁，坐着个小女孩儿。鸟儿问女孩儿："小姑娘，请告诉我，你知道火柴在哪儿吗？"

小女孩回答说："火柴已经用光了，可是，火柴点燃的火，还在这个灯里亮着。"

鸟儿睁大眼睛，盯着灯火看了一会儿。

接着，她就唱起去年唱过的歌儿，给灯火听。

唱完了歌儿，鸟儿又对着灯火看了一会儿，就飞走了。

阅读感悟：

为了一句承诺，小鸟苦苦寻找树的影子。直至最后，她对着火唱了一首歌，多么感人的画面啊！

会走路的树

（法）德拉贝斯 / 著
佚 名 / 译

导读：
　　鸟会飞，鱼会游，小朋友会走路，小树呢？想去看看城市和人的小树该怎么办？

　　有一棵小树想去看看城市，想去看看人，他把这想法告诉了最好的朋友小麻雀。小麻雀问他："你怎么办呢？树不会走路呀！"

　　"你怎么知道？也许从来没有树这样试过，也许没有一棵树有这么强烈的愿望吧？"

　　每天晚上，小树都拼命地用力挣脱土地。终于，在一个月光明亮的晚上，他用尽最后的力气一挣，拔出来啦！他的根像一百条腿在地上跑起来（一条百足虫没睡着，眼睁睁地妒忌）。小树可乐得发疯了，自由啦！

　　他很快开始上路了。要迈步向前真难哪！树根绕成一团，树枝又挂在别的矮树上。到黎明的时候,他终于走到了一条宽广平坦的大路上,他开心地奔跑起来。跑啊跑,一直跑到村子里,他立刻踮起脚尖悄悄地走了。

小树什么都想看。房子、教堂、气球、车子、热闹的游行队伍,还有在阳台上的女孩子。

他决定等晚上人们都睡熟了才走动。如果偶尔他听到有人在夜里散步,他就在路边站着不动,像一棵普通的树。当太阳一露脸,他就像狗在夏天乘凉一样很快地刨个土坑。他留出五六条根在外面拢土。他变得很灵活了。他很高兴见到人们在早晨突然发现昨天的空地上有了一棵树!他们又叫又笑,还拍着手。

可是,出事儿啦!一天,市长带着一帮子人经过这里,他说:"这棵树妨碍交通,明天锯掉!"

还有什么可说的。当天晚上,小树就悄悄走开了。他又朝南走去。一天,在中午休息的时候他走过一大片没有阴凉的田野。他看见有十个农民在田间午睡,头上顶着报纸。边上还有一个小男孩,他首先看见了小树:"爸爸、叔叔、表哥,一棵树!"但是爸爸、叔叔和表哥他们只是翻了个身,嘴里嘀咕着:"你这小鬼,嚷什么呀,还让不让我们休息?"直到他们醒过来,才不得不相信田野里真的有了一棵树。从这天起,中午热得难受的时候,大家就在树荫下休息。小树想:"今后我就留下吧,我希望对大家有用处。"

但是有一天，倒霉的一天……一辆闪光发亮的汽车像龙卷风一样开过来，停在小树边上。车里坐着一个大胖子，是个百万富翁。他要买下所有他想买的东西，现在他正想买树。第二天一早，许多壮小伙子来把小树连根拔起。他们没让小树来得及喊一声"哎哟"，就捆扎住树枝，把小树绑在大卡车上运走了。小树成了俘虏。他被运过了大海。在轮船上，同他一起运走的还有玫瑰花、杜鹃花、丁香花……

大胖子要为他的女儿造一座白色的宫殿，就在沙漠边缘的一座城市里。他要花园像《一千零一夜》故事里的那么美。

大胖子说："我太爱女儿了，我要为她造世界上最美的房子，世界上最大的花园，找一个世界上最富有的丈夫！"可怜的姑娘！她更喜欢世界上最普通的房子、最小的花园、世界上最穷的丈夫。只要这个丈夫是她所爱的亨利。亨利也爱她。但是亨利只是一个开出租汽车的司机，大胖子一点也不喜欢他。

人们把小树种在巨大的玫瑰园中。姑娘常常到小树边上哭泣，把小树都哭伤心了。他问道："你想从这里逃出去吗？""是的，我要去找亨利。可是这墙太高了。"

"这很简单，"小树说，"只要我的树枝伸过去，我就能把你送到外边……不过有一个条件。"

"什么条件？"

"你也要把我从花园里送出去。"

"把你拔出来运走再种上？你疯了！"这时候，小树偷偷告诉她，自己不仅仅会说话，还会走路。只要亨利把墙壁挖开一点就行。可是拆墙会有响声，不能乱来，要耐心等待。

终于，实现梦想的机会到了。大胖子为他女儿举行一个焰火晚会，他请来所有的朋友，还有一个很丑的青年，说是全国最富的财产继承人。

五彩缤纷的星火升起落下，花儿变成蓝色的，树变成淡紫色的，小路变成金色的，房子上涂了一层朝霞……轰隆一声，墙头塌啦！但是正在放焰火，谁也没注意。姑娘和亨利坐车逃走了，小树长久地用树枝向他们招手再见。

小树向沙漠边上走了两天两夜。他在那边扎下了深深的根，吸着地下水。几千年过去了，他的枝叶伸向天空。人们牵着骆驼，开着卡车经过这里，累了就在树下休息，当微风吹过的时候，树叶子唱着歌。

他已经不是小树了，他变成了一棵参天大树。

阅读感悟：

小树终于可以开心地奔跑起来了，他走过城市、走过田野，后来他被种在巨大的花园里，最后他帮助了一位姑娘成功地逃离。当然小树也获得了自由，最终小树来到了沙漠，长成了参天大树，帮助了更多的人。这是一棵多么神奇的树啊！

老鼠和大象

（德）詹姆斯·克鲁斯 / 著
王燕生 段洁清 / 译

导读：
老鼠那么小，大象那么大，它们之间会发生怎样的故事呢？

有一天，一头非常小的小象在城里迷了路，它肚子很饿。这时有一只年纪很大的老鼠从它脚前走过，大象差一点把它踩死。

"您难道不能留点儿神吗，您这个巨大的婴儿？"老鼠尖叫着，"您的眼睛长哪儿去了？"

"我的眼睛在头上，"大象很有礼貌地回答，"但是肚子饿得我眼睛都花了。"

"啊，您原来是饿了，"老鼠咕哝着，它心中顿时对这头小象产生了母爱，"如果您饿了，亲爱的孩子，作为有经验的长者就应该为您做些什么。但做些什么呢？"

老鼠若有所思地看着大象的长鼻子。然后它的胡子就像雷达天线一样动了起来，不一会儿就想出了一个主意。

"一头大象作为家用电器，"老鼠自言自语道，"这倒不错。"

"跟我来，孩子！"它对大象喊道，"我有东西给你吃。但愿您能跟上我。"

"我会跟上的，夫人。"大象笑了笑，然后小心翼翼地跟在一溜小跑的老鼠后面一步一步地走着。

它们一起朝着一大片住宅区走去。老鼠说："如果您能把我放到您的鼻子上，我的孩子，那我们就可以一起到五楼去。"

于是大象把老鼠放到了鼻子尖上，十分小心，生怕长鼻子晃得太厉害。它把老鼠放到五层楼上，然后按照老鼠的吩咐按响了门铃。

铃声过后，一位和蔼的白发女士出现在门口，她说："您……哦，对不起！"

"这是一头饥肠辘辘的小象，"象鼻子上的老鼠说，"您好，百福林格太太。"

这时那位女士才发现了老鼠，她回答说："您好，法尔麦耶太太。好久不见，您还好吗？"

"凑合着活吧，"老鼠尖声尖气地说，"我想把我这位年轻朋友推荐给您当吸尘器。它很饿，需要一份工作。"

"您都吃些什么，年轻人？"那位女士问小象。

"多了我也不需要，仁慈的夫人，每天100千克干草。"

"真太巧了！"这位女士喊了起来，"我弟弟在郊区有一座庄园。他把八个牧场当作运动场出租了，现在他不知道，从牧场上锄下来的草应该弄到哪里去。另外，他还需要一个给打网球的人捡球的男孩。您看这工作怎么样？"

"这对我这位年轻的朋友来说最合适不过了，地址在哪儿？"

那位女士给老鼠讲明了地址，老鼠仍旧坐在象鼻子上，领着大象直奔它们要找的运动场。

运动场上的男男女女都对大象的到来感到兴奋不已。因为它不仅仅可以做捡球员，而且还给人们省去了压平网球场的滚筒。此外，还免了运草这一烦人的工作，因为小象吃草。老鼠真是及时地把它带到了最适合它的地方。

"夫人，我该怎么谢您呢？"大象激动地大声说。

"那就请您把我从象鼻子上放下来吧，"老鼠法尔麦耶太太说，"当您刚才高兴得直晃鼻子时，我可是有点儿头晕。"

"哦，对不起，夫人！"小象惊慌地说，"我太高兴了，没想到这一点……"

"已经没事了，我的孩子，"老鼠打断了小象的话，"最主要的是，您感到高兴和满意。"的确，小象也一直很快活很满意。作为一头合适体育运动的多用途小象，每个星期天它还允许那些六至十岁的小运动员骑在它背上，沿着它的鼻子爬上爬下。

"作为毫无阅历的年轻人，必须信任经验丰富的年长者，"它总是习惯这样说，"这样，一切就都会好起来的！"

阅读感悟：
　　别看老鼠那么小，可帮了大象的忙，为它解决了吃饭的问题，还为它找到了一份工作。看来只要有热情，就会创造奇迹。

变成小虫子，也要在一起

张秋生 / 著

> **导读：**
> 再好的朋友也会吵架，这不，小田鼠和小鼹鼠就吵架了，还说了谁再去谁的家，谁就是树叶上的小虫子，后来呢？

一只田鼠和一只鼹鼠闹翻了。他俩本来是好朋友，又是近邻，就为了一丁点的小事，他们吵得谁也不理谁了。

可是，没隔多久，他们就憋得浑身难受。

小田鼠想出一个非常好笑的笑话，他太想讲给鼹鼠听了；鼹鼠呢，他刚学了一首好听的歌，也想唱给田鼠听。

糟糕的是，他们吵架时说过，谁再去谁的家，谁就是树叶上的小虫子。

他们都不想当小虫子。

最后还是鼹鼠憋不住了，他给田鼠打了个电话："小田鼠，我们和好吧，我们可以谈判！"

"和好？可以啊！"小田鼠说，"你上我家来谈判吧！"

"不。"小鼹鼠想起他们吵架时说过的话，"还是你上我家来谈判吧！"

他俩谁也不肯让步，最后还是鼹鼠聪明，他说："咱们选一个离两家一样远的地方，好吗？"

田鼠说："行，让我算算选什么地方好。"

田鼠挂了电话，开始算了起来，田鼠家离鼹鼠家是20米，小田鼠算了三遍，也没算出20米的一半是多少。

他只好给鼹鼠打个电话："请问您家有计算器吗？我碰到了一点难题。"

鼹鼠说："有啊，我可以借给你。"

田鼠赶快挂了电话，跑到鼹鼠家里，问他借来了电子计算器。

他到家一按按钮就算出了他们两家的中间，是在10米远的地方。

田鼠马上打电话告诉小鼹鼠，在离他们家10米的地方谈判。

10米的地方在哪呢？小鼹鼠想，应该用尺量一量。可是，家里没有卷尺啊。他立刻打电话给田鼠："喂，小田鼠，你家有卷尺吗？"

"有啊，你来拿吧！"小田鼠说。

小鼹鼠飞快地跑到田鼠家，拿来了卷尺，他从门前量起，10米，正巧在一棵老榆树底下。

第二天，鼹鼠和田鼠一早来到了离家10米的老榆树底下。

谈判前，小田鼠还了电子计算器，说："谢谢你！"

小鼹鼠还了卷尺，说："谢谢你！"

他俩忽然笑了起来："还谈什么呢？我们不是都串过门了吗？"

小田鼠和小鼹鼠拥抱在一起，唱起歌来：

"两个好朋友，

难分又难离，

就是变成小虫子，

也要在一起……"

阅读感悟：

　　每个人都会有自己的想法，所以再好的朋友也有矛盾。不过，好朋友之间不怕吵架，怕的是不肯先认错。你说对不对？

后　记

这套书，从着手编选、点评，到终于出版，十年过去了。

2008年春，我在《小学生作文选刊》杂志任执行主编，发起了一场主题为"幸福阅读，快乐作文"的全国优秀儿童文学作家河南校园行系列活动。曹文轩先生是活动邀请的首位作家。

活动间隙，散步在郑州外国语中学蔷薇花盛开的围墙边，曹先生提议我来协助他，为小学生编选一套语文读本。我们希望借由这套书，让孩子们通过阅读经典的、格调优美、语言纯正的作品，形成优美的语感，培养美好的情操，领悟阅读与作文的有效方法，能够运用优雅得体的语言进行交流和表达。

编写体例确定后，我们邀请了特级教师岳乃红、诗人丁云两位老师参与。我们认真工作，这套书稿在2010年基本完工。期间，曹先生多次对书稿进行审阅，并提出修改意见。曹先生教学、写作、社会活动任务异常繁重，但却总保持着波澜不惊的淡定与从容，总是面带微笑，谦和、儒雅而亲切。先生细心审阅书稿，并热心介绍出版社，十分关心这套书的出版。

2012年春，我的工作起了变化。我辞去编辑工作，创办了语文私塾——文心书馆，陪小学生学习汉字、读书和作文。我将这套书中的选文与孩子们分享，并邀请几位语文教师把部分篇目引入课堂，不断对书稿进行加工和完善。几年又过去了，它渐渐成了今天的样子。

古人有"十年磨一剑"的诗句，我们虽然有足够的热情和定力，想要把这套书编好，却丝毫不敢自夸它已经足够完美。这套书就要出版了，首先要衷心地感谢曹文轩先生的编写提议与全程指导，感谢每一位原作者、译者为读者奉献了如此优秀的作品，感谢曾参与这套书编选的每一位老师。

在编选这套书的过程中，我们得到了许多作家师友的热情帮助。蒙作者慨允，书中大部分作品都已获得出版授权。部分作者因无法取得联系，稿酬已委托中国文字著作权协会转付，敬请相关著作权人与之联系。电话：010-65978917；传真：010-65978926；E-mail: wenzhuxie@126.com，也可发送邮件至sjygbook@163.com，以便我们及时奉上稿酬及样书。

希望这套书能够赢得全国小学生读者的喜欢！

袁 勇

2018年5月15日于文心书馆